歌集
とどろく潮

逸見喜久雄

現代短歌社

目次

とどろく潮

山のみづうみ

一九九八（平成十）年

冬桜咲くをよろこび寄りて行く岡の上には積乱雲立つ

砂浜の草生に休む妻を離れ波に光れる渚を歩む

海近き町に初めて宿りしよりふたりに過ぎし
三十八年

三度征き三度を還り来し兄の俄に亡きをあは
れに思ふ

南支より仏印ハノイに進駐せし歩兵の中にわ
が兄居りき

相共に酒を飲むことなかりし兄我は聞きたかりき兵なりし日を

溜まり始めて春には満つる湖のきらめきてゐる波を見下ろす

山焼の煙か靄か霞めるかダム湖の天はむらさき淡く

今日見えぬ足を病む友忙しき友ありてめぐる
山のみづうみ

桜湖《さくらこ》と名付けられたる造りうみごみも丸太
も集り浮ぶ

従ひし尾根はもみぢにまだ早し我を呼ぶ太き
こゑ耳にあり

刈られたる草は乾きておのづから匂ひたちたり朝行く道に

人間の争ひに大陸に送られし馬百万と読みしを思ふ

戦ひて死にしは人間のみならず馬は一頭も帰るなかりき

水底の見えて緩やかなるながれ鯉みな大きく
我に集る

砂浜を往き復りして老ひとり秋の曇りに何を
か拾ふ

松山の朝

いづくにも棟の花の咲ける街ただ暑く人らに
従ひ歩む

聞こゆるは路面電車の遠くなる音のひびきか
松山の朝に

一年に三十日ほど見ゆるといふその石鎚は空
にかすめり

君の話たのし明るし土産にと南瓜買はれし土屋先生を

葉のかげに青き枇杷の実を仰ぐ山頭火晩年の家をわが去る

映されてしやべり続くるこの一人軍《いくさ》の事となれば必ず

神保町を去る

苦しみし又安らぎし六年のゲラも原稿も持ち出されゆく

葉書の隅に書き足してあり八十八歳詠みつぎて仕合せなりしと

ねぎらひて下さる手紙あり電話あり発行所閉づる時は近づく

九十年つづきし最後の六年を勤めて我に時すぎゆけり

神保町すずらん通りの真上なる月のひかりも思ひ出づべし

かへりみぬベランダの鉢に伸びをりて冬を越えたるこの青き草

六年間つとめし発行所を去らむとす電話線のみが床にのこりて

食物のあり余る世に思ひ出づ生きられぬと教職を去りし先生

海近き村の名知らずすこやかになほ在さむか
五十年経つ

我ひとりこもりてゐたり窓の外は雪解のしづ
く光りつつ落つ

湾岸道くるまの絶えず行き交へど不況深まる
ひびきかと聞く

太き虹いつしか消えて海の上の十三夜の月に
我は照らさる

二月の海

傾ける日に向きひとり歩みゆく道は直線白き
柵に沿ふ

遠くまで二月の海を埋め立てて進める工事何
を求むる

むらがりて飛びゐしかもめの去りゆきて東京
湾に太く虹立つ

この青き海を埋めて築きたる享楽の街に若者
集る

さむざむと輝きて日は没りゆけりクレーンとビルと立ち並ぶ街に

寒くなりぬ我も帰らむ高架ゆく電車は西の日に照りてみゆ

転勤

乗りかへて都心に向かふ地下鉄も車内広告の
空きの目立ちぬ

改めて又われは見る会報の逝去の欄のなかの
君の名

古稀となり祝をうけし者のなかに君の名を見
き忽ちに亡し

夕暮を出でゆき共に働きぬ手形交換夜の業務に

自らの転勤になりし経緯を知りゐてわれに言ひし日ありき

作詞者君も行歌も忘れられゆかむ銀行の名はすでに変れり

日の当るビルは意外に近くみゆ立つ波のなき
海を隔てて

光なく入海はありごの青き海をも埋めて人は
住むのか

春を待つ葶藶は色しづまれり文明記念館の庭
のながれに

亡き君の家の庭には伸び立ちて夾竹桃の花の盛れり

立ち難き病にありておのづから君詠みまし歌思ひ出づ

半ば散り半ばなほ咲く椿の下幼な児は花を踏みつけて行く

み心の文は彫られて残りたり名前はつひに記すことなく
のぼり立ちここに先生見たまひしか横たはる山は春の日の下
今の我の齢に近く書かれし文字つつしみて又石文に寄る

桜の花咲き始めたる山のなか先生の無署名碑
背文に対ふ

土は新し

ひよどりは鳴きて去りたり我ひとり立ちつく
す梅の林の中を

かたまりて雪はあれども傍らにもぐらの上げし土は新し

花の乏しき紅梅の下体操をしてゐし老も帰り行きたり

あたたかき苑を歩みてくる四五人みな年金に暮らすかとみゆ

石文のあれば寄りゆきわが対《むか》ふこれもまた句碑読みがたき文字

匂ひたつくれなゐ混りてゐる林日差しを求め我は歩めり

桑

稀々に来てわが対ふこの空地茂るひともとの
桑の親しく

花すぎて青白く実をつけてゐる桑の木のあり
ありて安らぐ

ありし日の父の誇りし桑畠今も目にみゆなだ
らかに広く

また更に崩されし山の標高を今日も聞きたり
聞きて何せむ

セメントの会社栄ゆるも我は寂しふるさとの
山削がれて白く

平らかにしろき秩父の町山頂より見下ろした
りき少年の日に

まぼろしの如くにをりし猿の群武甲の尾根を
越えてゆきにき

地下のホームに踵の高き靴ひびく浴衣のをと
めらに我がすれちがふ

曇り空暑き坂道蟬ひとつコンクリートの電柱
に鳴く

今年三度黄色く薬に枯るる草わづかなる畑も人耕さず

基地のある町に特急の止ることやうやくにして我は気付けり

天南星

おほばこの穂に立つ山の道に入る靴の濡るるも今日は楽しく

実の青くくるみ垂れたる木の茂りまた降り出でし雨は音たつ

空恵寺目指して山の上り下り天南星にしばしばにあふ

山の間にひびける孔雀のひところゑを寂しみながら寺庭を去る

とりかへしつかぬことなりと今にして思へどさびし命のことは

椅子にゐて見るわが庭は春深し木も草もみないのちもえたつ

致し方なきことなれど時折にこころにかかり
大き息出づ

澄みてゆくらし

赤も白も交はり鯉はおびただし神田川ここ都
心に近く

この橋にわが見下ろすは何年ぶりあつまる鯉は大きくなれり

数殖えて魚群がれりいくらかは澄みてゆくらし此の淀む川

それぞれに鯉は余裕をもちて見ゆむらさき色によどむ流れに

書類一枚出だせば急ぐ何もなし橋にきたりて
鯉をみてゐる

麦畑の道

安らぎて君の運転に今日は行く収むる前の麦
畑の道を

もりあがる古墳の森の近くまで玩具にも似て
家の建て込む

穏やかにひかり反して牛窓に寄する潮を今日
は来て見つ

架かれりと聞く橋見えず長島は曇りの下に少
し明るく

下りきて耳にはなほも犬のこゑ山に置き去りにされし犬の声

東京にわが知る狭き町の空幾年になるか燕《つばくら》を見ず

かくのごとく成りてしまひし一冊を我は寂しむ亡き人思ひて

膝いたむ昨日また今日山の間に住みて老いゆく姉らをおもふ

うれひつつ歩める道に花散りて桑はやはらかく葉を開きたり

野の花を木の花を見て共に行きし日のあらざりき我が父母に

売店の新聞の見出し見て帰る株価は今日も安値更新

早く早く通すべき金融法案と思へど分らず政治のことは

巻紙にのびのび筆の太き文字思ひ出ししごとく君はたまひき

秋の雲拡がりゆきし昼すぎを零余子《むかご》しきりに
軒に音立つ

何もせずをりし日暮の庭の上犬枇杷の透きと
ほる黄葉をひろふ

枥の青葉

一九九九（平成十一）年

闇の中闇をえらびて来し闇にすでに人をりさらに人くる

外灯の明りを避けていついつと我らは待てり流るる星を

シリウスの東の方《かた》に思はざる高さにひかり星流れたり

青白く光ながれしつかの間を地上の闇に人ら声をあぐ

スケッチの「たうもろこし」のたのしきに更に心寄る割れし「石榴」に

並び立つしだれ桜も樅の木も雨にしづもる今日を友らと

百穂先生生れまししは此処ときく栃の青葉は雨に濡れたり

あこがれて久しと思ふわが前にかがやく山の大き湖

みづうみに沿ひたる道はいつしかに大虎杖の
群落に入る

朴の葉に暮近き日の差してゐるここの狭間も
ダムに沈むのか

石段を上りきたれば寺ありて達磨は高く廊下
に積まる

秋のなかばの雪にかがやく浅間山今しこゑなく我は対へり

ガラス戸に当りたるらし山荘の土に一羽の青き鳥死す

征きてかへらぬ人はゐがけり山々の向うに青く武甲の山を

ま昼の海

道のかど曲ればまともに開けたりきらめきて
ありま冬の海は
つぎつぎに立つ白波の消えゆきて南に展くる
昼のそとうみ

波の上とどろく風は霧となり走れるを見る冬の岬に

柿もみぢ今朝をきはまり輝きて頼まむ君の忽ちに亡し

日本名朴山一男は同級生北か南の何処に住むか

一日中滴る水の聞こえゐきその父働く隧道のなか

カンテラの明りの中に振り向きし黙しし四五人の顔思ひ出づ

落盤に逝きしを道に呼べるこゑ少年われの心に沁みき

隣国の大統領の来るけふ電車の中にも警官は立つ

拉致されし後を危ふく助かりて大統領となりて来れり

青きうしほ

風のなか見おろす海は濃きうしほ淡きうしほと境をなせり

この湾を出でていづこへ向かふのか船は意外に早くすぎ行く

とどろきて外海の波直接に寄るを喜びひと日を此処に

青き潮むらさきとなる水平線渡りくる雲高くかがやく

潮の音にまじれるこゑは誰ならむしばし立ちたり岬の上に

南にはサイパン東にミッドウェー戦ひありきうしほは通ふ

新しき年の二日の夜のニュース北朝鮮のミサイル配置

急ぐべき何ものもなし人々の籤買ふ列をわれは横切る

さうだつたかと思ひ出でたり一年にならむとしつつ愚かに我は

豊なる体といつも羨しみき君言はざれば病めるを知らず

夏のかぜまだ治らぬと帰り際ひとこと言ひき死の三日前

たれもたれも死にゆくものと人言へどわれは悲しむ三十八歳

木の葉みなもみぢする木にいのちある虫ら飛
びをり日に光りつつ

鳥の声

安楽死せしめしといふ競走馬機械部品の廃棄
にも似て

前脚をいためしのみに殺すのか人間といふは
鬼か悪魔か

新聞の見出しに悲しと大き文字まこと悲しき
一頭の死の

その骨誰にてありし我ひとり抱きて夢に歩
みゐたりき

ひたすらに歩むふるさとの細き道すれちがふ
人みな骨を抱く

旅の夜の夢に現れわが村の道に会ひしは皆知
らぬ人

砂利の道乾きゐたりき歩めるは我ひとりのみ
夢に悲しく

鳥の声に暁方を目覚めゐつ心の沈む夢を見たりし

風のなかひかりのなかにもり上る青葉に対ふひとりきたりて

九十にまぢかき君も草に座り語りたまへり語るは楽し

友らより離れて青葉の木々の下われの命を思ふべくなりぬ

又かぜをひくとも寝込むほどならず暑さは真夏つゆどきの日を

ひと冬に幾度も風邪を引きし父畠に通ひ薬飲まざりき

長引きし風邪に臥す父夜々をふすまへだてて
咳きこみてゐき

要領が悪いからよと我をいふ要領知らず働き
てきぬ

石ころの絶えざる畑を耕しし父の一生《ひとよ》に要領
ありしや

雲の流れ

靴音のひびきてひとりトンネルに入りゆく友は振りむかざりき

遠く遠く去りゆくに似て暗闇に入りたる友のまだ見えてゐる

わがめぐりただ真ある人々と思ふ安けさ日々の過ぎつつ

慌しくすぎつつ今日は誕生日妻の炊きたる赤飯を食ふ

若かりし思ひひたすら読みし日の我にありしや聖書出できぬ

暑き町行きて買ひし日書きてあり文字は少年の時に変らず

稀々に手にとりてみしこの聖書旧仮名遣ひ世に廃れたり

わが上を光りて雲の流れをり本を読むなく六十九歳

うれしみて札所巡ると出でゆきし母も信仰を
持ちしにあらず

五月に

にはとりも蛙も鳴かぬ朝になり桑の畠の若葉
かがやく

窓近く迫りて星の輝くをふたたびは見ず深く
眠りし

しづまれる桑畠の道人の来て積まれしごみに
火を放ちたり

道々のいづこ行きても見えてゐる武甲に安ら
ぐ昨日また今日

武装せし農民三千結集の椋神社なり君はみちびく

戸棚の奥にひそかに火縄銃遠き少年の日にわれは見き

気にかかることの幾つか打消してあを葉の中をのぼりてくだる

夏の尾根

重き病に耐へて定年すぎこしを喜び言ひし君は先立つ

年賀状今年無かりしを訝れど深く心にわが留めざりき

尾根尾根を行きし四泊五日の旅語らむものを
君はあらぬか

身の丈の草を分けつつ夏の尾根越えしを思ひ
君を歎かふ

その文庫本読みし昴りを言ひて来し声消ゆる
なく五十年経つ

五味保義先生

昭和十七年九月発行の君の著書手にぼろぼろ
と崩るるものを

「万葉集作家の系列」は初版本君の朱の文字
ところどころに

物言へず椅子にひそかに在す家蔵書の整理を
手伝ひたりき

不自由な手も足もつひに癒えざりし五味保義
先生悲し尊し

預れるかねの利率は八パーセントかの日もつ
とめき徹夜もせりき

零になる日も見えてくる預金金利いかなる国
におちて行くのか

悪いこと何もせざりしを捕へられ移されゆき
ぬ街なかの猿

外に出づと履く靴は大き感じして今年の暑さ
すぎて行きたり

血を吐きしわが姉看取る日々にして母は愚か
に煙草を吸へり

結核にかからぬやうと煙草吸ふ母なりきわが
姉をみとりて

数を集め押切りてゆく体制に海外派兵をはや
言ひ出でつ

少年等鉢巻をして打つ太鼓いつ聞きてもよし
秩父囃子は

折々に立つ窓の下花終へしどくだみは今日雨
に濡れをり

ただ一羽来りて狭きわが庭に山鳩啼けり今日
いくたびも

海よりの風

池袋出づればやがて見えきたる山々は親し我のふるさと

百日紅花のさかりのときを来て墓原行けば暇あるに似つ

霊園の塀際の道せばめられ日にかがやきて墓石並ぶ

それぞれに鎮まるつひの狭き地《つち》石に示して安らぐものか

潮けぶる沖には大き船のかげ留まるかと見え遥かになれり

海よりの風にさからひ行く道におしろいばなの葉は青々と

窓下に見えてをりたる砂浜のいつしか見えず潮満てるらし

金正日同志をこころに走れりとマラソン優勝の女子選手いふ

ほつとせる心になりて雨を聞く封筒一つ出し
たるのみに

かへでもみぢ　　　　　　　　二〇〇〇（平成十二）年

熊笹のそよぎてやまぬ山道より白く石南花咲く道となる

わがめぐり静まり雫はしきりなり入り来し栂の林は暗く

人間を拒みしりぞけ駒草は霧越えてゆく山の
がれ場に

雲の上に出でたる峰は峰につづき標高二千霧
の中を行く

柿ののち梅散り今はかへでもみぢ朝々の寒き
土のうへ

連続二十回腕立て伏せをするといへり九十歳
に近き君なり

ヘルメット被りて線路に働ける十数人に若者
を見ず

この寒き朝を庭のつくばひの水を散らして浴
びし鳥あり

わが故郷秩父を君は言ひ出でぬ住める人らの
人柄をほめて

冬の海をボート漂流の漁船員全員救助といふ
ニュースなり

立春近く

をりをりに渡る二月の風あれどわれらの憩ふ
丘あたたかし

草青くまじる日だまりさまざまに聞こゆる中
に救急車あり

水のながれ雲のながれを見てゐたり立春近く
晴るる一日

川原に時をおこたり過しをりかかること父に
母にありしや

暖房の利きゐる部屋に今日ひとり幾度も大き
噫などして

いらだてるのみの日暮に電話ありお近くに新
しい墓地ありますと

娘らはみな和服着てま昼間のわが行く道に満ち満ちてくる

白き穂

白き穂のおとろへながら力あり土手にゆかたにパンパスグラス

笹群は風にさやげど川岸にみづみづとして茂る冬草

枯草に昼のむすびを食ひてゐるわが膝にいま冬の蜂ひとつ

川原の石踏みゆきて手を浸す午すぎがたのきらめく水に

わが上に雲の集り寒くなる多摩の山々北空冴えて

東京に四十年住み多摩川のひとすぢにゆく川原にけふを

ま向かへる冬山原に紫に煙は立てりなほ歩まむか

影立ちて寒くなりたるわが上をゆく白雲はふくらみをもつ

逆光のなか現れし老いひとりしなふ青竹担ぎて行けり

かれがれの季の林の中を来て我に親しき桑のひともと

くるみの実まてばしひの実拾ひたり遠き日のごと手に余るまで

親しき丘

いづこにかあらむある筈わかき日に読みて昂りしロダンの言葉

オルゴール鳴らしつつ行く販売車安き灯油に
冬を越えたり

ロボットに似た靴に行くをとめらよ知らない
だらう竹馬などは

乗換へし地下のホームもごみ箱の覆はれてあ
り爆発ありしと

何を勘違ひせし妻か窓に立ち蟬が聞こゆと霜の朝を

友あり車に今日は越えてゆく日暮の丘は桜花咲く

この町の最良の企業と務めゐし人ら何百か職を失ふ

七日まへ閉鎖されたのですと言ふセメント工
場も黄砂降るなか

目の下に又ひるがへり去るつばめ親しき丘に
友らとけふは

川原に青みをもてる大き岩五月の太陽に熱く
なりゐる

それぞれのボートに若き七八人たのしからむか声あげくだる

雹の後俄に冷えて荒川の濁るながれはとどろきてゆく

年かはり半年経ちて知らされぬ逝きたまひしを君いまさぬを

とし長き交はりなれどひとたびを訪ぬること
も我はせざりき

左手に書くを覚えし君の便り取り出し読む行
曲れるを

ただ一度こゑを聞きにき『生きし証に』成り
し喜びを遠く電話に

鉛筆を左手に持ち書きまし し手紙は五行たも
つ命に

坂の上

石段になりて残れる炭団坂《たどんざか》さかのうへなる空
ものうげに

子規わかく歩みし坂かあたりには人のかげなし行く雲のなし

高きより布団を叩く音のするここの窓にもあらはに物干す

古本の店は小さくのこりをり「薄利多売」の文字のなつかし

共に来て何年になる森のなか池はかはらず人は過ぎたり

あかつきを覚めしまにまに臥しゐたり故なく深くさびしさありて

なにゆゑのかかる寂しさそれぞれに人は誰しも終りのくるに

ひよどりを今日は追ひてしまひにき我が庭に
餌を求め来しもの

紅梅散り日向水木はさかりなり寂しきおもひ
振り払ふべし

「水海」二十年に

わたくし事をかへりみるなき二十年君ありて
この「水海」のあり

一冊の一冊ごとの苦労あり君は作りきぬ百五
十冊を

編集にかかはる心つかのまも安らがざらむ君
を思へり

あしたより烈しき雨に行き行きて竹生島つひに見ゆるなかりき

積乱雲

積乱雲みなみの天にかがやけり棕櫚は今年も花咲きはじむ

日本にまた戻りきぬＰＣＢ積みたる船は追ひかへされて

塵埃が塵埃を呼び丸くなり風通ふ廊下に喜んでゐる

夏の落葉掃きつつ思ふ幾日かありし耳鳴り無くなりたるを

映像はインドの国に生れたる十億人目の赤ち
やんといふ

暑し暑し何もするなく正午近し青きバッタが
カーテンにゐて

空缶を蹴り蹴りながら過ぎて行く拘束のなき
子供等のころ

電車待つ室に時長し幼な子は玩具の銃を我に
向けたり

はなびらがしきりに吹かれ行く道に擦れちが
ふ人みな喪服なり

ふたたびを今年咲き垂るる白き花わが庭の藤
八月に入りて

ゆづり葉

考へるいとまのあらず時はゆくまぎれもなし
にながつき半ば

何思ひ日々すごししか父をおもふ家族の中に
孤独なりしを

ゆづり葉の蔭に幾度か息深く吸ひて疲れを癒さむとする

暑かりし暮れがたにして垣の向かうを足を引きつつ行く人のあり

三十九度七分になりし暑さなり恐れて思ふ老いし姉らを

何年になるか相見るわが姉ら杖つくひとり腰折れしふたり

気を張りて居れば腰など曲らずと言ひ放ちたり久々の姉に

白髪になりてすこやかなる友にひさびさにしてあひ対ひゐる

欅並木もみぢ葉の散るなかを行くけふ一日に
やらねばならぬ

ととのへむ書類は今日も整はず苛立ち易く時
のすぎゆく

前を行く人は銀行員なるらしと追ひこさずた
だ歩みてゐたり

秋晴のひかりは床に差し入りてそろばんの珠
けふ動きよし

抛りたる篠原選手の負けとなりし判定を思ひ
思ひて眠れず

なすべきをなし得ずにしてこの年も木犀匂ふ
ときとなりたり

かすかなる我の希ひの何ひとつ叶へられずに
時すぎて行く

蕾は赤く

二〇〇一（平成十三）年

時ゆくを嘆きゐるらし朝より木斛にきて鵯鳴き止まず

元気出せやるべきをやれ再びをわが庭に来てひよどりの鳴く

何鳥かここにおとししいひぎりか鉢に若木の
極まる黄葉

意欲なき我をわらふか天に向き伸び放題の梅
の枝々

徒長枝を憎しみ剪りてあはれめり枝々のもつ
蕾は赤く

切りそろへ冬日の中に束ねゐる枝は冷たくつやつやとせり

年の暮のなまあたたかく荒るる風庭のもみぢ葉を天に吹き上ぐ

ロボット

おろかさの変ることなくこの宵をこころ沈みぬ友らの中に

人のみな笑へば我も笑ひたり笑ひつつゐて深き寂しさ

発行所にかかりし電話丁寧なり資金何でも貸しますといふ

「參道橋」「さんだうばし」と石ふたつ親しき正字旧仮名遣ひ

こまかなる文字に疲れて立つ庭に藪茗荷は黒く実をつけてゐる

長く長く信号を待つ春日の下速度をあげて霊柩車行けり

にぎやかに道に出でくる女子学生和服にてみな高き靴履く

ロボットの並び踊るを笑へどもロボットが介護をする日は近付く

耕せる度に小石の出づる畑にすがり働きぬ父は一生を

雨のなか歩みきたりて今日は知るここに茂り
ゐし桑のなきこと

芽吹くとき黄葉のときを見てすぎし大き桑の
木伐られたるらし

財務局管理地の札立つ区画ここも幾つかに分
割されて

柿若葉

集るは姉弟の五人なり末の子われも七十を過ぐ

耳遠き姉を中にし語りあふ語りてをりて時にさびしき

ひるすぎの冬日の下の川の流れ騒がしきまで
ひかり反して

杖つきて嫁に支へられ行く姉の広き道渡りき
る迄を見つ

さまざまを言ひて笑ひて別れたり亡き父母を
いふこともなく

ときどきに脈搏とぶを意識して駅の階段上り
きたりぬ

心臓をわづらひ逝きし母よりも十三年を長く
生きゐる

ま近くに富士の見ゆると誘はれて来りぬ二日
雪にこもれり

わが鼓動耳に伝はるいちにちに開く柿若葉ひかり集めて

立ち止る人あり褒めて行く人あり伸びひろがりて咲く海棠を

いぬびはの青き芽ふふむ窓の辺に気力おとろへて机にむかふ

なるやうにならむなるやうにしかならぬ楽観
的になりて眠りぬ

何買ひても消費税付く世になりて一円玉はい
くらでもある

鎌倉市雪ノ下訪ねることなくて時すぎにけり
逝きたまひけり

こまごまと家までの道いくたびか眼鏡かけな
ほし書きたまひしを
しかし今は眠るほかなし眠るべしなほしばら
くを身を保つべく

朝の運河

窓のなき倉庫並びて直線の広き道路は海に真
向かふ

埋立てて造りし街の道つづく朝の運河を越え
て歩み来

運河越えまた埋立地なほ先の遠き海辺はあき
らめて戻る

若者は靴脱ぎ足を伸べてゐる森を出で来し青
草のうへ

青南にすこやかに歌詠みたまふ百歳に近き幾
人かあり

思ひゐるのみにたのしくなりてきぬ百歳とそ
の曾孫との歌

させまる思ひの今は消えゆきて床にかがまり爪を切りたり

折々に

太き茎節分すぎて萎れたり年々咲きし鉢のはまゆふ

街路樹のさくらの花の動く風この朝駅に早く
着きたり

あたたかき雨に人々踏みてゆくこぶしの花片
汚れし花片

宇宙ステーションミールは予定通り墜ちわれ
は原稿を読み続けゐる

六百五十号六百五十号と思ひみる過ぎて来まししその苦労をも

「群山」六五〇号記念号

夏となる雲

茱萸に会ふ実も久しぶりくれなゐに風のかよへる山原を行く

登りゆく道の片側むらがれる蕺草のあり葛覆ひたり

夏となる雲かたまりて流れをり並木のかなた美術館建つ

頂のしげみのなかに小さき祠ここは標高八十メートル

歩みくる山道は又たひらになり匂ひ放てる野薔薇に対ふ

渡り終へし板の吊橋を戻りたり林の先は霊園なりき

くだりきてまたくだりゆく山の道ひかりはじきて墓群がみゆ

赤くなる実を保ちゐる山の桑わが少年の日を
思はしむ

わかき葉の青葉となれる庭の藤房しろじろと
ふたたびを咲く

台風近づく

ひとりゐてシャツのボタンを付けにけり一つ
新しきことをなしたり

四十度近き今日かも取りに来し部屋に輪ゴム
は溶けてあるなり

五十三歳なりしと聞けり雨に濡れて運び下さ
れしそば屋の主人

ゲラ刷をかたへに寄せて昼餉食ふ届けられて
なほ熱きうどんを

シャッターの今日も閉ざされし店の前往き還
りせり亡き人思ひて

テーブルの端に飛蝗《ばった》が止まりをり大き台風近
づく夕べ

鳶

降りいでし雨をよろこぶ子らのこゑ気力なく
ゐる窓にひびきて

澄みきはまり音なき今朝の秋の空高くものう
く鳶のめぐれり

校正の窓に鴉の影過ぎてこの夕方を仕事捗る

わが知らぬ祖先の墓の並ぶなか九十すぎし二
人のありき

悔い悔いて思ひ返せどすぎしこと父と旅ゆく
日のあらざりき

ゆゑもなく海を思へり海を見ることさへなくて終へしか母は

今われのやらねばならぬことあれど為すなく今日の忽ちにすぐ

軍事力振りかざしつつ聖戦と言へり少年の日にも聞きにき

二十五歳頃の銃持つ兄の写真陰膳据ゑゐし母も目に見ゆ

煙しづかに

秋の末の雨のあがりし朝の宿もみぢかがやく中に目覚めつ

音のなし動くものなし黄葉せる木々は朝の窓
に間近に

もみぢ葉の林を通る直線の道は続けり紺青の
空に

校正のすすみ具合など思ふなよ落葉の匂ふ道
を登れり

暇なく日をすごしつつ今日は来て煙しづかに
噴く山を見る

さむざむとせる午後なりき義勇軍に入りしを
告ぐる君の端書は

間をおかずしばしば送り来し端書つねに書き
ありき正義のためと

ソ連軍戦車に向かひ突進し行きしと伝ふ君帰らぬを

稔君果てし日のさまを聞きて帰るけやきの青葉垂るる下かげ

十月の半ばの日ざし眩しきに蓮の葉しげる沼に対へり

初めての友らと文明先生を語りあひつつ心は
通ふ

風の一日

二〇〇二（平成十四）年

入りて来し四輌電車は雪高く積めりホームを隔てて停る

こもりゐる風の一日窓近く万の椿の葉群かがやく

持てる者が安全図りし三分法すべて危ふき時代に入りつ

七十を越えて二歳か今よりも不況の昭和五年生れなり

これがまあ百円ですと妻の出す太き大根白く冷たし

ひとりゐる昼過ぎにして心臓の辺り冷や冷やせる感じなり

他人事と我は聞きゐつ半年後診てから考へませうと言へるを

気にせずに過ごして行かむ気にしてもどうにもならずどうにもならねば

初めての霜降りしより幾日か藷の畑は黒く沈みぬ

わが前に妻のおく柚はかがやけりこの坪庭のはじめてのゆず

光る霜柱

呼ばれゆき薬をもらふ彼を見つ彼は変らぬたくましさ持てり

ひとり住む君の逝きしをわれは聞く葬儀のすでに済みゐしことも

夜明けまで歌に励むを怒りしとふ妻君もあはれ早く世に亡く

ビルの間に取り残されし空地には光る霜柱昼をすぎゐて

山口県鹿野町映れり病みませる宮本夫妻いかに在すや

冬近き山々が見ゆ光りつつ流るる水も底の小石も

冬迫る野に

空爆を生きのびし児ら映りをり冬迫る野にあ
あみな裸足

正義のためなりなどと何をいふ空爆に市民多
く死にゆく

山高くつらなる中の町と知るカンダハルを又
マザリシャリフを

なにゆゑに事起きしかを言ふ者なし貧困の地
に空爆つづけて

何機かの去りたるあとのアフガンの空の夕日
はしばらく映る

爆撃のテレビニュースを離れくれば柿のもみぢはしきりに散れり

掃きてゆく落葉の色のさまざまなり竹の箒に今日は三度め

若者

長者丸通りの先の伸びゆくビル傾きてみゆ今朝の靄深く

韓国もまた中国もアメリカにためらはず言へり言ふべきことを

母の忌の昨日なりしを言はれたり思ふなく日々過ぎてゐしかも

若き棕櫚葉のなめらかに風に光り元気を出せ
と言へるに似たり

空爆はテロではないのかと高校生ら言ひあひ
ながら電車下りゆく

木斛もかへでも藤に被はれて怠り来しを見て
ゐる思ひ

次々に追ひこしてゆく若者もをとめらも皆歩幅の広し

無理をせず今はゆるゆる歩むなり行きてなすべき幾つかがある

丘の上

白くまたくれなゐ淡く帯状の芝桜ひろびろ我の目のまへ

羊らはすでに眠るか丘の上の柵の内にはかげさへもなし

雑木林を畑に変へむとする作業戦後を思ひ出づ今日立つ丘に

夏日照る日々にきたりて鍬を振りひたすらなりき我等少年

麦畑も藷の畑も無くなれり人ら楽しみ丘を行き行く

ほのかにも咲き初めたる柚の下腹式呼吸をいくたびもする

晩年の父によくよく似て来しと見てゐたるなり鏡の吾れを

霜を怖るる父は夜明けの桑畑に火を放ちゐき幾ところにも

青臭きとまとに塩を振りかけて食ひし少年の日をなつかしむ

いつしかに耕す人を見ずなりて畠一面あかざ
覆ひぬ

ここにひとり耕してゐし老人を父かとしばし
おどろきて見き

船形の石棺に触れ鰐口を打ち鳴らしたり代る
代るに

廃れたる牛舎に牛をひとつ見ず牧草あをき畑の明るく

小麦かと見たる平は牧草地飼はずになりし丘ひろびろと

蓮の葉

剛直なりし梳き難かりし若き日の髪の毛なりき細くなりたり

校正に行かむと嵐の中に出づ終へねばならぬ今日いちにちに

台風のなかを歌会に来ましける土屋先生を思ひ家いづ

昨日より今日また更に追ひかけられ追ひつめ
られてゐる感じなり

赤き実の塊りて付く蔓草の露したたるを提げ
て帰りぬ

電気釜たたみに蒸気たててゐき初めてわれら
住みにし部屋に

護国寺の地下より出でて行く日暮白杖持つ青年に幾度か会ふ

十月の半ばの日ざし眩しきに蓮の葉しげる沼に対へり

細長く水たたへたる沼を見て立ちゐるのみにわが汗は出づ

この沼にひしめく鴨を思ひたり秋晴れの日を
みちびかれきて

初めての友らと文明先生を語りあひつつ心は
通ふ

カレンダー

おちつかぬ一日一日の過ぎゆくとカレンダー
にまた立ちて対ひぬ

わが前に置かれし麦茶冷たきを含みて噛みて
飲みゐたりけり

この齢になりて徴兵はあるまじと住民票コー
ドを見詰めてゐたり

ひと言も無くて逝きしかひとりにて人居らぬとき逝きしか君は

除草剤撒くを見しより幾日か虫らのこゑの少なくなりぬ

何するも億劫にゐる今日の暑さ向かひの家かくしやみ頻りなり

それぞれに爪を袋に収めしを兄の語りき生きて還りき

秋の末の冷えのきびしき幾朝かわが山芋の黄葉かがやく

ゆづり葉に物干に蔓を伸ばしゆく零余子の年々生るをたのしむ

俄なる寒さいたりて柚子の実の色づきてきぬ
十余りふたつ

かつてなき早さにときの過ぎてゆく振りかへ
りみる一日さへなし

洋上の颪

朝冷ゆるひかりに垂れてゐる柚子のひとつふたつが黄ばみはじめつ

田も畑も枯らして物の余る時代飢うるかも知れぬこと思ふなく

昭和五年わが生年の米の値ひ一升三十二銭何と比べむ

朝七時コンビニに入る勤め人みな弁当を買ひて出でくる

通し番号伝票に打つ仕事なりき勤め始めて楽しかりにき

この齢に転勤などと何をいふ詰め寄りてゐきゆめの中にて

おのづから身につきにしかゆめになほ紙幣を
数へ数へてゐたり

一キロほどまた体重の戻りたり秋の寒さは俄
に来りて

洋上の台風北上を報じをり我が体調は今ここ
ちよし

武甲の峰

二〇〇三（平成十五）年

風邪なのか疲れしゆゑか声出でずなりてしまひて妻は三日目

約束のけふ妻の病み栗の花咲ける谷間をわれひとり行く

人診むと単車に山の道行きて転落せしを君の
語りき

思はざる方に武甲の峰は見ゆ削りとられて白
く哀れに

亡き君をこころに越え行く峠道木々に青葉に
風は光れり

雪はなほ雑木林に消え残り我がふるさとに電
車入りゆく

国連を無視して侵略したる国何より石油が欲
しかつたのか

日当れる若葉に移しやりし虫いかにしてゐむ
この朝の冷え

木に草に

木に草にうとく過ぎつつかすかにも花の匂へるなかを歩みぬ

目的のなくひとり来て野茨のしらじら咲ける道に出でたり

あゆみ来し河原の岸に伸び出でて莟を持てる
葛のひともと

われの寄るこのぎしぎしの逞しきひとかたま
りは刈り残されつ

地下鉄の階段をわが上りゆく吹きあぐる風に
身は軽々と

おとなしき二羽にものやる我がめぐり何時しか群がれり鳩四五十羽

このあたり佃煮を売る店多し一軒あひだに元祖と本家

歩めるは築地本願寺への道婦人は引けり雨具付けし犬を

三十人ほどの映画のロケ見れば七十すぎし者
など居らず

雨の中

愚かさはかくのごとくに休日も知らず来りて
雨の中を帰る

道端にいくらでも金庫のある国と聞き来しを
いふ密入国者

雪光る峰窓に見え会の半ばみどり児負ひて君
は来れり

杉の木の枝をひろひて杖となし友らと春の山
登りゆく

手を浸す水に落ちたるわが帽子思はぬ早さに
流れて行けり

杉林のぼり来りて明るき斜面萌ゆるは姥百合
幾ところにも

折れまがり折れまがる山の木下道いかに登り
ましき水肥担ぎて

ダムとなる谷

暑いのか寒いのか今わからねば厚き靴下を取
り出して履く

高尾山安居会の朝しろき足袋履きていましき
五味先生は

いやないやなくすり飲まねばならぬのか飲まむと今朝もむせつつゐたり

イラクまた北朝鮮も薬なく多くの子らの死にゆくを聞く

けふの日も熱下らねどふらふらと起きて葉書にナンバリング打つ

熱ある身にひびきて数字を打ちつづく過ぎし日のこと思ひ出でつつ

跳びてまた走るんですと脈搏を言へばしきりに看護師笑ふ

飯終へし後まのありて手の窪をこぼれむほどの薬のむなり

朱《あけ》残るわかきすすきはダムとなる谷吹き上ぐる風になびけり

ダム造る工事は半ばかこの谷に住みなれし人ら皆去りゆきて

谷あひの道を来りてけふは見つ群がるあかそ雨に濡るるを

朝の日のまだ差して来ぬ土のうへ犬枇杷の黒
き実がおびただし

いぬびはの熟れしをついばむ小鳥らの昼密や
かに移りてゆけり

わが庭に羽化せしならむ黒揚羽また戻りきて
柚子にまつはる

何時のまに伸びしアメリカ山ごばう葉の紅は
この秋のいろ

やうやくに又ひとつ咲く酔芙蓉秋の初めのあ
したあしたを

雲去りて

同時多発事件はなにゆゑ起きたかを全く思はず姿勢改めず

ゐずまひをただすのことばに今日はあふ心弛みて我はすぎゐき

エノラ・ゲイに乗りてゐし最年少の一人も死せりと今日の夕刊

背に硬く負ひて運びし日のありきリュックサックに詰めし紙幣《さつ》束

気にいらぬ国つぎつぎに破壊する大国をこらしむる神は在らぬか

力のかぎり破壊せしのち復興だ資金出せなどと何をぬかすか

真向かひに黒く見えゐし大きビル雲去りてい
まかがやきはじむ

たたかひを急がむ心隠すなしただそれのみに
この権力者

今なにを為すべきなのか歌などにかかづらひ
我が時すぎてゆく

クリスマスローズは寒き日を咲けり白とむら
さき何れも低く

映れるは歩みのたゆき駱駝の群戦車の立つる
砂塵の向かう

けふ一日空よどみたり空爆に曝さるるイラク
よりの黄砂か

南青山

警棒を持つ幾人かに囲まれて手押車を行員押しゆく

思想的白痴と言はれし人の歌読みつつゐたり感動をせり

一本の葱の値段に及ばずと山のひのきの立木を嘆く

買ふ者の居らねば構ふなしといふ五十年経つ檜林を

朝毎のくすりの尽きて過ぐる日々何の兆もなき我を知る

四十年紙幣かぞへて励みにき葉書数へる今役に立つ

喫ひながらあゆむ若きらを追ひこして南青山の朝の町ゆく

あわただしき思ひに歩む前方に意外に近くビル迫りみゆ

樫の古木

九月すぎ十月がすぎ十一月思ひゐること何も
できずに

緩みゐるわが心かと夜を出でて風の冷たき街
を歩みぬ

梅の枝剪らむと思ふ日もすぎて新しき年音たてくる

撥《ば》条《ね》に似て足はね上ぐる隊列の行進写れり少年兵なり

まなぶたの痒きことあり自らのてのひら当つるこのここちよさ

途切れつつ言ふ今宵の姉の電話壊さなくても
よかつたのにと

生れしより三十年をわが住みし家はこはされ
無しといふのか

をりをりに捻子をわが巻きし柱時計また火縄
銃どうしたらうか

タクシーを下りることなく家の跡の空地をしばし見て通りすぐ

北風を西の日差しをさへぎりし樫の古木もあとかたのなく

砂場

何をわが慌ててゐるかこの宵の飯を食ひつつ
舌をかみたり

足らざりし足らぬ自らをさびしめり思へば少
年の頃よりにして

ことのなくすむを願ひて歩みたりこころは今
は祈る思ひに

夜更くる電車に銀行員と見し二人もいつか下りたるらしき

同級の二十人亡く七十をすぎて集まるは二十人となる

六十名のクラスの二十名けふ来たり酸素吸入してゐる友も

三人ゐし同名稔君二人亡し一人のこれる君と
語りぬ

召集の無かりし少年の我等なれど戦ひに出で
て還らぬひとり

国のため励むとこまごま書きて来し君がもつ
とも早く逝きたり

放課後を行きて親しみし砂場あり空中転回せし君も亡し

熊倉に登りし少年の日の我ら山城の址の壕を見たりき

雪残る谷

二〇〇四（平成十六）年

たはむれにじやがいも植ゑしプランター今日は日当るテラスに移す

女性らはけふことごとく美人なり眼鏡忘れてわが歩みゐつ

窓近く幹の乾ける立木見えま昼まばらに雪降りいでぬ

蠟梅の花のかをれる山原の深くくもりて雪ふりきたる

くるま下りてしばらく沢に沿ふ山路きびしく冷えし中を歩めり

山沢の乏しきながれ此処に止めて透きとほりたる氷を作る

雪残る谷に入りきて拾ひたる氷の欠片《かけら》青みを持てり

秋の末の山を薪負ひて下りける日の苦しみが今に役立つ

原稿詰めしリュックサックを背負ひ出づ耐へ
得るいまを喜びとして

冬の大空

背筋伸ばし歩みて行かむそれぞれに身体まが
れる姉ら思へば

エンジンの音あらく乗るわれなりき隣の車は
静かに出入りす

いらいら同士いらいらするのも無理の無しさ
庭に出でて深呼吸する

公孫樹あり鶫啼けり時折に人は境内を横切り
て行く

久々に来し墓の道人を見ず冴え渡りたり冬の大空

二十年三月十日歿木蔭なる殉難者供養碑大きく悲し

終夜《よすがら》の風治まりし楓の下土見えぬ迄もみぢ積りぬ

苗植うる時を待ちゐる水面のさわがしくなり
雨の降りいづ

桐の咲きアカシアの咲き藤垂るる谷に音なく
電車入りゆく

野を山を駈けし少年の日に嚙みし虎杖むらが
るいま眼の下に

田植いまだ半ばのくにを南下して植ゑしづまれる会津に入れり

上げしほ

東京府南葛飾郡砂村の字四十丁なりしと此処は

水も薪も舟に運ばれ来しといふ此の道がその
川なりしとも

上げしほとなりたる流れたゆたひて藁屑など
も上流へ向ふ

行く川のながれの面《おもて》より低く人等は住めり密
集せり

いくたびも水に潜れる川鵜一羽いま呑み込めり光る小魚を

ときをりに自転車に追ひ越されつつ心にありし橋渡り行く

渡りつづくる車見送り立ち止まる揺れゐる揺れゐる橋が揺れてゐる

この広き川の面を見つつきて淡く縞ある流れに気付く

日の暮にまだ間のあれど川岸の観光の船点り初めつ

対岸の街

風花は俄に飛べり川下の街の遥かに日の照りながら

土低く我があしもとの群落の花は日本たんぽぽなりき

しぶき立てて激しくカーブするボートその一瞬を楽しめるらし

一輪車にあそぶ少女も若き父も越えて行きたり風たつ土手を

川原の広き球場うす暗し風は東京の土埃あぐ

泡立草枯れて乱るる川原を歩み行くときさびしさはなし

キューポラは今も残るか対岸の街に通ひき二年を若く

川の向かうはマンション高層ビルになれり滾る鉄見しは四十年前

新しき年の始の休日も働きにけり当然なりき

問答はさまざまに続く説明会年金減額止むを
得ぬのか

潮とどろく

町の中まよひまよひて冬の日の暖かに差す麦
畑に出づ

不器用はかくのごとくに朝嚙みし舌を夕べに
又も嚙みたり

衰へてありつつ我に答へたる父のひと言は誰
にも言はぬ

さむざむとせるわが部屋に移ししより時計は
全く遅るることなし

蠟梅はつぎつぎ咲きて愚かさの変ることなく七十四歳

燃ゆる日が岬の山に入りゆきし今を眼下の海は濃紺

この思ひ消えてしまへとかがよへる海の見えゐる冬山を行く

花咲ける枇杷の木下をくだりきて潮とどろく
海に向かへり

氷の山のごとくに沖にとどまりし雲は没り日
にしばしかがやく

潮とほく西の日に照り長浜の海おだやかに草
色のとき

いつしかに灰色になりし夕雲のひとところ燃ゆる朱残りたり

思ひ来し山の傾《なだ》りは一面の菜の花畑いま眼の下に

下りゆくこの山の下大海の波しろじろと浜に寄るみゆ

白菜ののこれる畑の中の道また高まれり波の
ひびきは

なめらかに波引くあとに黒く光《て》る小石を拾ふ
今日のかたみに

大寒の黒ずむ海を見下ろして差し来む朝のひ
かりを待てり

算盤

区の人口増加する中に十四歳未満は減りぬこの月も亦

約束の日なれば雨に濡れて行く風に裏返る傘を畳みて

赤絨毯踏みて下りくる大統領独裁者になることなきか

ハンマー投げて世界最高の室伏選手頭のたくまし頭より太し

柿若葉欅若葉の日に照りて吹かるる窓辺にけふ一日臥す

算盤をつかひて字数を確認す雨のけふ玉の動きのにぶく

はなみづき今満開の並木道遠くまでけさ歩む人見ず

若き日の手帳

頼まれし小松菜一把籠に入れて主婦らの後に
待たされてゐる

寒き部屋に立ちたるままに我は読む若き日の
手帳怒り記せり

なびきあふ竹幾本か伐り倒す雪の降り来む夕
暮にして

保釈金五千万円と聞く人の家の前には警官が
立つ

凍てし土に長く立ちゐて丘の上の花火を母と
ただ一度見き

地下出でて驚きて見る高層ビル更に高きは右
に左に

築地市場移転反対の横断幕雨に濡るるに沿ひながら行く

曇るした川上りくる潮らし我の歩める岸壁を打つ

藷苗の床作らむと盛り上る枯葉を踏みき感触は今に

南極よりのこゑ

かにかくに生きて今あり交はりの拙きさまも
亡き兄に似て

ああしかし身体動かずなりし妻を十九年間兄
は看取りき

木の蔭にひとつ拾へる白き花大き椿は冷たかりけり

幾たびか駅の階段に立止る医師に言はれしを思ひて我は

畑守る翁去年より見えずなり今日ダンプカーが砂利を落とせり

ときどきの野菜ていねいに作りゐし畑も忽ち
宅地になりゆく

ペンギンら静かになれりと皆既日蝕極まると
きを南極よりのこゑ

あとがき

本集は、一九九八（平成十）年より二〇〇四（平成十六）年までの七年間の五九七首を収録したもの。『青泉歌』（梅沢竹子と共著）、『冬のひかり』、『かがやく森』、『天心に』、『空も海も』に続く第六歌集に当る。更に、右の初めの四歌集よりの自選歌集『白き風』（新現代歌人叢書）を二〇〇五（平成十七）年に短歌新聞社より刊行している。

なお、平成九年にアララギは終刊、翌十年「青南」の創刊に参加し、現在に至っており、この歌集は「青南」の編集その他、実務に直接携っていた頃の作である。

かえりみると私は土屋文明先生の貴重な一言一言を大切に思い、全てに優先し歌会に出席して来たが、先生は、平成二年十二月八日に一〇〇歳にて逝去されたのは致し方ないことであった。

出版に当り、現代短歌社社長道具武志氏、また今泉洋子氏にお世話になった。御礼申し上げる。

平成二十六年十一月七日

逸見喜久雄

歌集 とどろく潮

平成27年3月7日　発行

著　者　逸 見 喜 久 雄
〒179-0074 東京都練馬区春日町6-9-18
発行人　道　具　武　志
印　刷　㈱キャップス
発行所　**現代短歌社**

〒113-0033 東京都文京区本郷1-35-26
振替口座　00160-5-290969
電　　話　03（5804）7100

定価2500円（本体2315円＋税）
ISBN978-4-86534-082-2 C0092 ¥2315E